KB265406

뒷모습이 말했다

뒷모습이 말했다

뒷모습이 말했다

글쓴이 / 오춘옥
펴낸이 / 孫貞順
펴낸곳 / 모아드림

1판 1쇄 / 2010년 5월 15일

서울 서대문구 북아현3동 1-1278
전화 / 365-8111~2
팩시밀리 / 365-8110
E-mail / morebook@morebook.co.kr
http://www.morebook.co.kr
등록번호 / 제2-2264호(1996.10.24)

ⓒ오춘옥
ISBN 978-89-5664-134-8

값 7,000원

모아드림 기획시선 125

뒷모습이 말했다

오춘옥 시집

모아드림

■ 시인의 말

집 짓고, 농사 짓고,
밥 짓는다는 말에 슬그머니
글 짓는다는 말 더해보니
힘껏 짓기 위해 재료를 모으고, 물을 대고,
불을 들이는 일들 모두
시도, 때도 맞추어야 하는 일들임을 알게 됩니다.

끝물고추 여전히 매달려주던 지난 가을을
나는
나의 농사라 우기기도 했나 봅니다.

마음만 다급해진 글들로
시의 집 한 채 지어 지붕을 올리려니 마침,
꽃으로 오지 않고 온통 그늘 짓는 사월입니다.
빛도 어둠도 기웃이 새겨 넣으며
그늘지고 마음 아픈 그대들 불러 함께 드는 꿈꿉니다.

2010년, 4월 지혜의 숲

오 춘 옥

차 례

제3부 뿔 하나를 가져 봐

1부
이제부터 누가

지금, 여기

몇 차례 꽃소식을 받아만 두고 뜯지 않았네

1박—泊 하고 가라는 동해의 청을 거절하고
고개 넘던 참이었네

오도가도 못하는 산 중,

들꽃 지는 소리로
남은 꽃잎의 날들 헤어보는 중이었네

다족류 多族類

손바닥을 펼친 듯 잎 끝이 여덟 개로 갈라진 팔손이, 더러는 모자라는 칠손이, 넘치는 구손이와의 통합도 이루고, 물과 덕담만으로도 무성해지더니 서로에게 겹겹 그늘이 되었다 아래 잎부터 처지고 드러누우려 하기에 곁가지 쳐주고 지지대로 붙잡아도 봤지만 점점 생기를 잃어간다 거리가 필요한가, 드문드문 간격을 두려고 이천요 두 개 장만하고 볕 좋은 날을 골랐다 세대분리를 할 참인데, 뿌리를 다치면 안된다기에 나무젓가락 겹쳐 충분히 바람을 넣어주고 주걱으로 헤쳐 들어올렸다

흙속에 제대로 엉켜있는 뿌리는 아래로만 가지 않고 어디 더 먼 곳으로 가 보자며 무리를 짓는 중이었다 서로서로 깍지 낀 손을 놓지 않고 분리를 완강히 거부했다 더 이상 손을 써서는 안 되는 개복 후 마감처럼, 조금 더 큰 화분에 옮겨주고 푹신하게 산이끼를 차렵것으로 덮어줬다

1가구 다세대, 그 집에 갈 식량과 땔감을 늘리고 자주 들러 살만한지 물어줘야 할 것 같다

오이지, 吾以知

1

꽃의 기억은 없다 끊어진 길에 엎드려 어둠이 시간을 삭혀 골마지가 되는 경로를 따라가면서 모두 잊어버리기로 했다 몽롱한 꿈은 좁은 창문이거나 사각 방석에 대한 기억일지 모른다 몬드리안의 그림 속을 계속 헛돌았고 마지막으로 본 푸른 하늘이 땅과 자리바꿈 하는 동안 아무도 일으켜줄 수 없는 지점이 있다는 것을 알았다

2

세상의 모든 아픔은 치자빛이다 어둔 것들로 등짐 지워 생의 가장 아래로 내려가 본 자, 제 밥그릇의 가장 밑바닥을 핥아본 자, 젊음을 속속들이 토해내고 재빨리 썩고 그늘져 본 것들부터 일어섰다 밖에는 식은 외등이 고집스레 불을 밝히고 친구들은 빛을 피해 어둠에 몰두했다 누구도 빛을 품는 데는 실패했다는 소문이다

3

　모든 살아 있는 것들의 웅크림, 오빠는 정글에서 엎드
린 채 기어 나온 목숨이다 전쟁터에서 살다나온 이들은
모두 총알이 머리 위를 스쳐갔다니 생명이란 땅에 납작
엎드려야 보전되는 낮고 겁 많은 것이었나 전쟁은 끝났
지만 정글의 덩굴을 다리 삼아 아직도 전쟁 중인 것들이
오빠를 따라왔다 죽음을 피해 후퇴하는 중이고 가끔씩
돌아서서 총구를 겨누기도 하지만 적과 내가 따로 없는
생활에서 전쟁 후유증은 밤을 새워 가렵다

4

　더 컴컴하고 낮은 아래가 되어 옷깃에 고개를 파묻어
가야한다 허리를 숙여 늦은 눈발도 서둘러 땅위에 눕는
중이다 먼저 쓰러진 것들을 밟고 오는 봄이다

이제부터 누가

헤어지는 마당 미처 나누지 못했네

함께 따라와 주던 얼어 붙은 밤길,

기꺼이 젖어주던 가랑비 골목,

사랑을 받아 적느라 흔들렸던 사월의 잎사귀,

바람이 흔들다 두고 간 초저녁,

우리 것이 되지 못해 하늘로 옮겨 앉은 별들,

이제부터 누가 돌보아야 하나

가을, 비망록

가을에게 물었다
내 트랙만 이렇게 긴가

이번 삶에서
그만 걸어 나가고 싶었을까
매미, 속엣 것들로 떠난 걸 보면
가지런히 접어둔 날개 위 햇살 고요하고
잠시 사귀었던 하늘이 따라섰다

허다한 삶이 모두 그 길로 떠나갔다

저 들판의 허수아비도
오늘은
집으로 가고 싶다

초록도 발치에서 저물고 싶어라

나무와 나무 사이,
행간을 메우는 새소리도 곡哭이다

담쟁이 끝에 섰다

무너져버렸다는 그의 전화를 받았다
언제 제대로 일어선 적 있었나, 받아치고 싶었지만
언덕을 지고 오르는 무거운 어깨가 떠올라
어떡하니,
아무짝에 쓸모없는 시든 푸성귀 같은 한 마디 던져
주고
그에게로 가는 마음 붙잡고 뒤채다 일어난 새벽,

끝이라고 해야 하나, 담벼락 어둠을 밀고 나오며
눈 뜨기 시작하는 담쟁이의 새 움도
가지 끝에 있었다
뛰어내리거나 기어오르거나,
두 갈래 길에서 너도 흔들렸는가,
울어버린 이슬의 흔적을 매달고
새싹은 어둠에 마주서 있는데,
그것만은 아니다 도리질해 봐도
어긋나 서로 멀어진 줄기들의 행로에

막다른 골목이라니,

여린 잎의 흔들림이
간신히 불러온 잠을 쫓아버렸다

나일, 니힐

1

문화원 옆 찻집, 작은 갈대피리소리가 꽃잎을 흔드네

여자도 잠이 없는 밤이면 강가 잘 자란 아마로 모슬린
잠옷을 지어입고 팔을 뻗어 부평초들 안아 주었으리 세
상에서 가장 길다는 강에는 한숨과 눈물까지 따라 깊어,
검은 땅을 적시고 오는 백나일과 청나일, 강은 어린 샘
들이 모여 이룬 힘으로 밀려가는 중이네 보잘 것 없는
이슬로, 노동 뒤 땀방울로, 사슴이 목축이고 남은 옹달
샘의 이름으로 함께 가는 강이었네

2

강의 이편에서 저편을 맨몸으로 건너가는 사람들, 강
물도 맨발로 제 그림자를 끌고 가네 태양이 불 켜고 불
을 끄던 시절이었네, 모래와 흙, 돌과 눈물로 쌓아올린
거대한 돌무더기 공사에서 도망 나온 몸 마른 석공들 갈
대배를 띄워 국경을 넘는데, 그들 중 몇은 가슴에 질러

놓은 몽돌 하나 빼서 강심으로 던져보는데, 말하지 못하
고 흐르기 때문에 강이었으리 건기의 사바나에 풀 한 포
기 물기를 머금는 동안 눈을 감아야만 보이는 모래사막,
메마른 사랑 혼자 누워 잠들었네 소용돌이만으로는 갈
수 없는 먼 곳이었네

　　3

　시월, 시리우스별이 뜨는 하지 무렵, 긴긴 눈물 하나
보았다고 파피루스에 적어보네 범람을 받아 적으려 넓
은 잎 큰 키를 갈대숲에 숨겨오다 쓰러진 대홍수, 목마
름으로 흘러든 사랑이야기 둑을 넘고 장벽을 통과하기
에 너무 늦어버렸네 물결이어서 흔들리고 강물이어서
밀려갔다 쓰네 더 이상 줄 것 없는 낙타의 방울 소리 울
리며 지중해에 몸을 던진 나일은 혼자 가는 길고도 먼
허무였네

내소사에 내려놓다

가자, 가서 돌아오지 말자고 나선 길,
그 길은 홀로 걷는 전나무 숲
끝에 있었다

그대에게 없던 것은 세상에도 없어
열꽃들만이 점점이 아픈 배롱나무 가지 위,
이른 저녁 허공은 무거워서 말이 없다

요사채 뒤 장독대,
좁은 함지박 안에 발을 빠뜨린 물 연꽃은
흔들리는 뿌리로 제 길을 헤매보는데,

빠뜨린 발 때문에
기어이 뒤돌아보는 내소사

이제 나를 나에게로 떠나보내고 싶어
마지막 인기척까지 돌려 세우고

끌고 온 길들마저 가만
내려놓았다

그 남자

물 빠진 보따리 같은 남자, 스무 살의 꿈 여며지지 않은 채 보따리 밖으로 꽁지머리 삐죽이, 한 마리 새가 되고 싶다던 남자, 달려가 끌러보고 싶은 남자, 보따리 속엣 것 말고는 말짱 거짓말인 남자, 한 꾸러미 달걀 같은 따스함 챙겨 길 떠날 줄 아는 남자, 길 가다가 주저앉은 사람 만나면 따순 이밥 같은 손 내밀 줄 아는 남자, 변두리 너덜너덜 적산가옥 같아도 한 뼘 아랫목은 가진 남자, 알맞게 바람 부는 날 동구 밖 햇살 이끌고 터덜터덜 휘파람으로 돌아올 것 같은 남자, 쇼윈도 전시된 가죽가방 절대로 될 수 없는 남자, 여며지지 않는 남자, 그 남자

이식移植

　그의 뒤란에서 잎사귀 세장 쯤 되는 하늘 매발톱 한
삽 떠올 때는 석양 무렵이었네 초록이 여린 발톱 세우고
빈집 지키던 날들도 따라왔는지 엄살과 몸살로 화분 속
에서 내내 풀이 죽은 날들, 일어서는 매발톱 보기위해
주저 앉아야 했네 앞뒤 어두운 집안의 소식들에 기력을
찾지 못하고 몸져누운 봄날의 이사였네

구멍

— 권씨 상가

세상의 나무마다 꽃잎이 무거워 지친 주말, 일정을
변경하여 나보다 무거운 모든 것들, 향기도 짐이었다며
서둘러 스러지는 목련, 꽃구경 갔다가 부음 받고 달려
온 청바지에 운동화, 맞절하다 끄트머리 튀어나온 엄지
발가락 민망하다 뒤꿈치 이편에 보이며 막 돌아서던 망
인이 킥킥, 한 번 웃었을라나 때 아닌 한기 미처 막아내
지 못해 떨어져 사라지는 저 꽃잎의 무게, 받아들고 싶
은 밤

출세간出世間

코스모스에게 고추잠자리 농 걸던
지난 가을쯤이어야 하리

두 차례 아프고
침상에서 내려서던 참이어야 하리
오래전에 표시해 두었던 붉은 약속도
납기일을 지나쳐버린 공과금도
미안하다,

날마다 해 넘어가던
그 언덕 따라 넘으리
서역의 마을로 길을 내어
그곳에서
돌아오고 싶지 않은 자들에게
돌아오지 않아도 되는 무심한 고향되리

가끔,

멧새들 물어다 주는 세상소식,
뜯지 않고 곧장 돌려보내리
생각마저 세상에 자진 기부하고
헐벗음으로 목청 좋은
자작나무 휘파람되리

열두 살에서 열세 살로

생일꽃 한 다발 사러 열세 살 딸과 함께 농원을 겸한
화원에 들렀다 전지가위 들고 나무 윗동을 다듬는 주인
뒤로, 탁탁톡톡, 푸른 이파리 아끼던 귀밑머리 내주고
있다
— 참 아프겠다
미간을 모으는 딸, (아팠던 기억을 툭툭 흔들고 가나
보다) 제멋대로 자라난 첫머리 자르려 동네 미용실 거울
앞에 앉았을 때, 가장 가까운 친구에게서 날아오던 돌멩
이 피해 엎드렸을 때, 다시 일어선 자리는 어제 그 자리
가 아니었다
제 나이만한 길이로 오르기 위해 잘려나간 곁가지, 저
나무도 열두 살에서 열세 살로 가고 있는 거다

문門

나는 늘 거기 서 있었다

무뚝뚝한 큰형, 담장은 귀를 닫아건 채 흔들림이 없다

문제는 둘째였다 때 없이 경계를 타넘는 그의 겉옷은
마를 새 없었다

열렸다 다시 닫히기 몇 번일까, 문을 열고 나간 후 소
식 없는 가장, 기다리며 지새는 날들로 철없는 막내는
칭얼거린다 닫아걸고 싶은 날, 마음 맞는 참새도 오늘은
외유 중이다 둘째가 짝을 버리고 들어와야 잠겨진다 고
단한 밖이었다가 안이 되는 순간, 어디로 갈지 생각만으
로 골똘하다

제2부
다시, 사랑

분만分娩

개화는
식구 양말 다 빨아 널고
마지막 힘쓰기 전 밥상 차리고
집에서 아프고 병원 가서 또 아파야 한다며
통증의 크기와 간격을 따진다

출산예정일 서너 날 더 넘기더니
명자꽃, 살구꽃, 매화꽃,
열리는 꽃잎마다 잎잎이 아프다

바람에게 연두 잎 들춰 내진 당하고
실핏줄 터뜨리고 허리 끊는 고통으로
그늘 아래 얼레지까지 산통 하는 봄

산마다 들마다
봄꽃나무 기진맥진 잎 여는 밤이란다

거미줄
— 시인의 집짓기

처마와 서까래는 되도록 낮추거라
머리 이마 부딪칠 때마다 몸도 함께 낮추거라*
아프게 깨워가라는 어미의 청이 있었나
머뭇거리다 한 줄,
뒷모습도 버리지 않고 끌고 가는 외줄타기
어둠 한 삽, 구름 두 짐 지고 오르는
허공의 집짓기

돌아가다 다시 한 번 거슬러 갈 줄도 알아야지
바람의 한 자락 흔들림도 베껴두어야지

제 속의 깊은 것들 꺼내 집을 짓는 저녁 거미처럼
나도 내 몸 꺼내 어느 먼 궁창에
한 채 집이 되고 싶은 날

* 김육의 『잠곡유고』, 「구루정에 관한 기록」에서 빌어 씀.

안구건조증

안구건조증 눈은 네 살배기 어린 아이다
자주 밖으로 나가자며 눈 가지고 생떼다
책의 재미에 빠져 그의 말 듣지 않으면
감았다 뜰 때마다
물의 번짐
　잔 물결
　　파도
　　　너울성 파도
응석을 더해간다
그래도 고집을 들어주지 않으면
기미년을 그년이라 우기고
구부렸다는 꼬불쳤다로 읽어주며
떼를 쓴다

한 시간에 한 번씩 먼 곳을 바라보라던
안과의사 말을 눈이 먼저 엿들은 거다

똥커피

베트남산 다람쥐 커피를 선물 받았다 꼬리 긴 주머니
날다람쥐도, 청설모와 비슷한 하늘다람쥐도 아닌 한국
산 날다람쥐를 꼭 닮은, 다람쥐 한 마리가 흩어진 커피
알을 주워 먹는 그림이 그려진 백 그램 분말커피

베트남 다람쥐가 잘 익은 원두체리만 골라먹고 소화
가 되지 않아 숲속을 헤집다가 싸놓은 똥 무더기에서 위
엉, 흐엉, 커피알 같이 동그란 이름을 가진 베트남 소녀
들이 용케도 커피알만 주워내 가공한 커피일 것인데, 다
람쥐 몸을 뱅글뱅글 돌다나왔을 생두를 씻기는 씻었을
것인데, 맛과 향이 특별하다는 커피를 온몸으로 느껴보
려 천천히 한 모금 씩, 다람쥐가 놀던 숲과 바람과 커피
나무를 익히던 햇살까지 마셔보려는데, 시큼하기도 구
수하기도 한 그 맛이란, 아메리카노 맛도 에스프레소 향
도 아니어서 선물한 이는 그것이 바닐라 향이라는데, 똥
이 섞인 그것이 몸속에 들어가면 탕약처럼 보양도 될 거
같은데, 다람쥐는 알로 먹고 나는 가루를 물로 내려 마

신 소감은 개똥도, 소똥도 아닌 까만 눈을 또로록 잘도
굴리는 다람쥐 똥, 틀림없이 그것은 다람쥐 똥 맛인데,

　　머그잔에 코를 박고 그들의 것이 되지못한 다람쥐똥
커피를 깊이 음미하는 오후의 창밖에는 소사나무 뒤에
서 두 다리 엉거주춤, 아메리칸 스타일로 커피똥을 누는
다람쥐 한 마리 눈에 밟히는데

다시, 사랑

손을 대면
물컹 만져지는 살점처럼

씹다 보면
잇몸 가득 배어나오는 핏물처럼

덫에 걸려서도
길을 버리지 않는 암사슴처럼

매운 눈물로 가는
생솔가지 타는 연기처럼

함부로 지워지지 않는
주홍글씨처럼

사과나무 아래서

사과 꽃 피던 사월 언덕
혼자남아 사과 꽃 더불어 지다가
가지에 걸려 엉거주춤 뒤돌아섰지

얻어맞은 자리마다 벌레 드는 시간,
나무들은 상처 어디에 감춰 두었을까
덧난 시간까지 매달려 열매가 되는
새빨간 거짓말 캐보고 싶어
그 언덕 다시 올라 묻고 졸랐을 때,
한마디 대꾸도 없이 묵묵히 익어만 가는
가을 햇살 야단에 낙과로 주저앉아
나는 옆구리부터 짓물러가고 싶었네

요가원

날마다 아침 열시면 엄마는 요가원에 가요
스카이빌딩 3층 요가원은 허다한 삶이 가부좌한 동굴
이지요
라마스테, 고만고만한 생들이 합장하고
사막의 쐐기풀 쓴 즙을 마신 듯 어두워지다 화들짝
전구처럼 환해지지요
굽힌 몸으로 추락하는 지하와 내통하고
곧추세운 머리로 하늘을 끌어당겨요
창밖으로 파리바게트가 보여요
바게트 빵처럼 부풀어 오른 엄마의 허리가
어느 순간 반으로 접혀
드넓은 세상의 중심을 잡고 흔들어요
한 떼의 철새가 되어 낯선 다른 몸을 껴안고
그만 날아가 버릴 것 같은 자세로 삶을 궁리해요
꺾고 비틀어야 제자리로 돌아오는
엄마의 아침,

엄마는 날마다 재조립되어 돌아오지요

공사 중

바람 불고 눈비 오던 날들
공치고 앓아누운 시간 제하면
살아서 볕 드는 날 몇 날 있었나
고모부는 볕이 돈이라고 우기신다

새로 짓고 다시 쌓아올리는 일에
내 몸 보태는 일이다
다 쓰고 가야지 아낄 것 뭐 있나

신축이니 증축이니 포개어 짓는 일에
고모부 몸 쓰는 일, 살아있는 골조다
몽땅 파헤쳐진 몸으로 숨 한번 들이고
맨홀 뚜껑이 숨구멍이라며
굴삭기, 포크레인 소음 따라 지하로 간다

탈 많은 다음 생도 자욱한 공사판 아니겠냐며
더 큰 공사 아니겠냐며

까치밥

첫사랑에 지고 난 뒤 다음 사랑에 이겨보고 싶어 세상
에 손 한 번 내주지 않은 나는 싱글이에요 더 많이 사랑
하지 않기 위해 닫아걸고 뒷걸음 치다가 보따리 하나로
떠나온 날, 인사 한마디 없이 가을도 혼자 저무네요 무
수히 날아오는 햇빛의 손가락질, 허물 하나 달랑 걸어놓
고 돌아서던 참이었어요

물푸레나무 잎새 뒤

햇살 잠시 다녀간 물푸레나무 잎새 뒤
뒤태 고운 무당벌레 한 마리
붉은색연필로
거칠고 어둑어둑한 목숨 적어놓고 있네

그에게도 힘주어 눌러 쓸 생이 있는가 보다

길 잘못 들어 날개짓 분주한 산벌,
검은 상복 제비나비,
밤이면 산비탈 가득 놀러오는 별들,

글 한 줄에 길이 있었나 물푸레나무 잎새 뒤,
저마다 끌고 온 발자국 더해놓고
날개 추스려 떠나고 있네

첫 겨울

새벽이었고 예보가 없었다
기습적인 고양이 눈동자는 다 알고 있다
냉혹하게 얌전하다
허허로운 내 뒤 벌판을 휘돌아온 앞다리의 피곤을
핥으며 연신 살핀다
뒤를 다 알아버린 그 발 앞에 꿇어 용서를 빌까,
격전은 없었고 청춘이 다 빠져나간 무릎을
이쯤에서 그만 접어보자 할까,

곧장,
직설적으로 오차 없이 돌아온
고양이에게 묻는다

너, 가을 참나무

산불 지나가도 끄떡없이 줄기에
느지막이 새순 난다니
이번 여행, 좀 길겠구나
가을 들어 단풍이 고와 갈참나무,
만져보니 근심처럼 껍질 주름 깊구나
잎의 가장자리 물결처럼 퍼져나가는
아프게 전할 말도 아직 남았구나
마흔 지나 너 돌아가 깃든 자리,
숲에서 천천히 걷던 걸음으로
고개 돌려 산 아래 굽어보던 모습대로
산정까지 오르는 길 먼저 보내고
중턱에 서서 기다렸구나

잎사귀 흔들림 살아오던 대로
갈참나무 가을을 이어가는 중이다
하던 일마다 열매 맺기 좋아하더니
상수리 열매 닮은 견과도 드문드문

이웃 참나무들과 교배도 안된다니
평생 혼자 온 이유도 알겠구나

살아서 일에 뜨겁던 너,
가지 몇 개 외딴집 빈 아궁이 덥히겠다
쉬이 끝나지 않을 참숯이 되겠구나, 굴피집으로 살겠
구나
나무 있는 곳 사람 드물지만
서씨 물푸레, 김씨 가문비, 고씨 할아버지 느티와
늦더라도 저물지 않는 숲이 되겠구나

뒷모습이 말했다

몇 번의 이별을 더 견뎌내다가
꽃은 진다
별자리를 뛰쳐나온 별들의 총총함으로
폐사지 돌멩이의 하염없는 깊이로

흉터마다 검은 씨 들기까지
허기가 이끄는 대로 이 골 저 골 헤매느라
초저녁 각도로 기울어진 어깨,
그만 짐을 풀고 싶어 구겨진 엉덩이,

너의 질문에 대한 오랜 나의 답이다

꽃 진 자리, 돌아와야 할 것들 아직 멀리 있어
거기까지 말없이 가자는데,
눈과 입 먼저 보낸 뒷모습이
두서없이 무어라무어라 말하려 한다

제3부
뿔 하나를 가져 봐

살림을 살아주다

어머니, 저보다
빈 집의 글썽임을 받아주실래요
나무와 화초, 마른 그릇들의 통역이 필요해요
길게 뜸 들인 쌀밥,
내 집을 빼놓고 달아나던 아침을 불러들여
마주 앉아 그간의 사정도 들어보고
옆집으로 가지 뻗는 화분, 그들도 다시
돌아오게 해 주세요
오래 전에 맞추어 둔 보일러 타이머보다
먼저 일어나 뜨신 손길로 불도 좀 들여 주실래요
호기심 가득한 저녁 까치들,
저물기 전 쪽창을 열어
집 구경도 시켜주기로 약속했어요

웅얼웅얼 묵은 집 먼지
식구보다 먼저 와 자리차지 하면
한 세상 가벼웁게 살다가거라, 붙잡아도 주면서

멀리서도 내 집 환하도록
어머니,
불 좀 켜 주세요

돌계단을 오르며

혼자 오지는 말았어야 했어요

부석사 천왕문 돌계단을 오르며
층층 돌멩이가 키운 풀꽃도 함께 오르는 것 보았어요
이미 서너 걸음 앞서느라 꽃과 잎 따로 가는 상사화,
돌계단 빈틈을 촘촘 메운 꽃무리들을
바람이 높이 가자, 이끄는 중이었지요

누군가와 앞서거니 뒤서거니 가는 길,
너럭바위도 함께 가고 싶어 고도를 낮추니
중생들 마음 놓는 의자가 되었네요
그래도 제 근원을 올려다보느라 얼굴 검겠습니다
풀꽃이 들어 올린 삼층석탑, 당신, 먼저 다녀갔군요
돌멩이 하나의 높이가 흔들림으로 서있어요
서울서 여기까지, 열 걸음만 더 오르면 한 채 누각이
된다는데
비탈을 기어오르는 지극함이 이루어가는 불사를 나는

그저 바라볼 뿐입니다

혼자 오지는 말았어야 했어요
돌이 꽃을 품고 꽃이 돌을 받드는 곳으로
석양도 훌쩍훌쩍 못 이룬 꿈일망정 앞세워
뜨겁게, 뜨겁게 오는 저녁입니다

뿔 하나를 가져 봐

발톱을 세우고 들이받아 보는 거야,
몽골국립자연사박물관, 산양은
거친 숲을 헤쳐가는 중이었다

절벽과 바위산을 지나
뒤돌아본 흔적까지 박제된 유리상자 안
도망 중에도 뿔은 최전방이다
마지막 발자국은 가장 높이 두려는 듯
차고 오른 허공에 앞발이 걸렸다

가파르게 오르던 길,
절박한 울음에서 비껴나
이제는 야생의 꽃을 들이받으려
슬그머니 다가와 뿔 하나 머리에서 꺼낸다

손발 놓은 이들, 무너진 어깨를 툭툭 치며
주저하는 걸음 사이 돌부리처럼 끼어든다

잡목 숲을 헤친 이마와
적진을 통과해온 가슴까지 열어주며
어두운 바깥 뿔로 가자, 한다

텃밭이 가꾸다

정년을 넘긴 오빠를 텃밭이 가꾸네
빈 구석을 비워놓지 못한 마음 가서 자라는
텃밭,
나팔꽃보다 잠이 덜한 초보농부에 질린 듯
눈도 채 뜨지 못하고 덩굴 따라 달아나네

구부러진 호미 버리고
모종삽으로 일군 여생이네

말 놓자며 다가가면 더 곡진하게 숙여오는 이랑,
진딧물, 애벌레 주고 남은
푸른 이파리 몇 장씩 쥐고 오는 재미가
속성으로 잎이 나는 아욱이며 상추에 연연하네

초록에 집착하는 초로가
더 이상 밀릴 수 없어 기댄 언덕,
늦자식 어르고 달래 듯 텃밭이 키워가네

벚꽃 사이

꽃은 기다려주는 이에게로 온다

벚나무 두 그루 사이 가로등,
앞뒤로 백화점과 6차선 도로
성장환경이 불우한 나무들
가로등에 기대어 간다
붙어 있으면서 다툼이 없는 걸로 보아
아주 오래 된 연인인가 보다

그들 사이, 겨울도 무심히 지나가 버렸다
간혹 오피스텔, 원룸으로 이사 올 맘 없느냐고
광고 전단이 묻고 또 묻고 한다
단 한번, 사정없는 눈보라가 있었던 것 같다
그런 날, 가로등은
낡은 우산이나 엉성한 품처럼 보잘 것 없어
더욱 힘껏 눈에 불을 켠다

벚나무는 가로등을 보고 닮아
자고나면 속 시끄러운 백화점도 싫고
앞만 보고 가자는 자동차도 아닌
가로등 따뜻한 불꽃으로 살고 싶었다

처음에 한 놈씩 오다가
늦었다 싶으면
정지선에 묶였다 풀려나는 자동차들처럼
떼거리로 오는 사월,
벚꽃도 기다리던 힘으로 전심전력 피어난다

환하게 가로등과 마주서려고
온 몸에 꼬마전구 꽃잎처럼 매달고
불빛에 꽃불을 보태가는 것이다

영덕리 옛집

그리운 빈터, 폐허가 눌러앉은 집

나더러 그냥 지나가라며 등 떠밀더니
자기는 돌아앉아 안개비로 울던 집

하나 쯤 버릴 줄도 알아야지, 큰 소리 치더니
밤꽃 지는 날, 부모 떠나보낸 집

누더기 속에 드러난 맨살 같은 세월에
몸 부벼야 곱돌처럼 따스해지던 집

보름달도 제살 깎아 그믐 되서야
방 한 칸에 누워보던 두 칸짜리 집

그 집 닮은 여덟 식구 떠나고
대숲 소리만 다툼처럼 살던 집

식은 자궁 같은 아궁이에 불 지펴
초저녁부터 다시 아이를 낳고 싶은 옛집

나눠갖는 가을

혼자 갖지 말라고
키 높은 전신주가 가을 하늘을 둘로 나눠놓았네

고요와 소란 속을 넘나들다 시들해진 숲,
마른 줄기가 떠나는 길까지
한 걸음 더 내려가 보라 하네

이편과 저편을 기웃거리느라
목울대만 길어진
가을 옥수수 쉰 울음도 들어주라 하네

얽히고설킨 타래를 끝내 못 풀고 가는
덩굴 풀의 시름도 만져주라 하네

머리칼 쇠어가는 팔자도 햇살 반 그늘 반,
반씩 나눠갖자며 기대오는 가을이라 하네

비어있는 집

지은 지 십년 넘은 아파트에
세들어 살기 위해
중개인을 앞세워 집 구경을 갔다
미처 따라나서지 못한 벤자민 화분 하나,
꼭대기부터 시든 채
힘겹게 햇살을 잡아당기고 있다

집이 가진 내력들이 자욱하다
패이고 구멍 난 세월들이 들앉은
안방이며 거실, 가갸거겨 갓 한글을 뗀
벽지는 혼자 울었는지 젖었고
빌트인된 주방기구는 부끄럼 없이 속살이다

죽음이 나가던 아침과
저녁이면 퍼득이는 삶을 통째로 받아들이기에
고단했을까, 조임이 풀어지고 이음새가 떠버린
노구의 문짝,

한 집안을 떠메고
18층을 오르내리는 가장에게
한번 무너져보자는 질긴 구애였는지
비 내리고 천둥 치는 날,
오지 않는 너를 기다리며
시멘트 벽체를 적시고 파고들었을 누수는
베란다에 두근거리며 외도를 만들었다

전망과 조망을 내세워 곰팡이며 금이 간 유리는
사소한 불화쯤으로 여기는 중개인 뒤에서
오랫동안 아프리라,
기약 없는 적요를 견뎌낼 벤자민에
눈인사 건네며 돌아설 때,
모든 시작은 어루만지고 품어내는 일부터였음을
빈 집이 나를 따라오며 가르친다

달빛

떠난 지 삼십년 아버지,

다시 살아오시네 보름날,

가득한 달빛으로 떠오르시네

노구를 다 바쳐 어머니, 들창이 되시네

창을 넘은 달빛 앞에

와이리 늦었능교,

먼 길에서 돌아온

달빛의 윗도리를 받아 드시네

아버지, 둥그런 등짝 밑

어머니는 고름풀 듯 정신을 놓아버렸네

구월 대추

구월 오기까지 대추는
햇빛에, 바람에 염치없는 빚쟁이다
잎 뒤에 가시방석, 주눅 들어 하루 이틀
말미를 달라는지 조금만, 조금만 하다가
가슴에 멍울 들듯 열매 하나 내밀었다
한 차례 태풍에 머리채 쥐어 잡히고
연이어 제 몸 털어 빚잔치 하자는 날
모두 떠난 가지에 대추알만 영글었다

걸어갈 수 있을까… 네게로*

아름다운 청년 전태일, 15세 관람가, 앞서 조조할인
티켓을 왼손에, 오른 손으로는 담배를 태우는 그도 골방
에서 나왔나보다, 뒷모습이 구겨져 있다

구겨진 삶들 앞으로 영화는 흘러가는 중이다 어둠 속
을 더듬어 중간 열 맨 앞자리, 목을 빼고 장면을 훑는다
통금 사이렌에 더 이상 쫓길 수 없는 골목이 청년을 검
문 하려 한다 돌아가기를 포기한 청년이 화면 밖을 응시
한다 그곳에 길이 있는가, 나를 바라본다 놀라 돌아보니
뒤는 텅 비었다 옆자리도 비었다

헤어진 사랑도 갈 곳 없는 사람들 모여드는 도시 한
복판, 비둘기들과 함께 있을 거다 화면 속에서는 기준법
대로 일하고 싶다며 청년이 대신 싸움 중이다 뱃속에 아
이를 키우고 등 뒤에는 쫓기는 남자를 숨겨둔 여자의 달
릴 수 없는 길이 물끄러미 앞에 있다 달려야 한다 달려
나가야 하는데, 영화는 빈손에 땀을 쥐어주고 끝났다 불
도 켜 주고 문도 열렸는데… 걸어갈 수 있을까… 네게로

* 「아름다운 청년 전태일」 영화 삽입곡 「그대 영혼에」 가사 중에서

제4부
오늘은 추분

오늘은 추분

추분, 낮과 밤이 딱 반씩이라고 적는다 멈춰 선 시침처럼 연애도 내게로 오는 길 중간에서 서버렸다 아주 오래 전부터 태양이 어둠에 긁아 먹혀 시들어 가는 것을 바라만보다 이웃들은 오전 열 시가 건네주는 외투를 받아들고 뿔뿔이 사라졌다 짜부라진 가세만큼 주저앉은 집을 빠져나오다 몸살로 쫓겨 든 햇살과 마주쳤다 잘 가라 한다 안방에 아버지 대신 볕살 들었다

아버지, 동네 앞 진창에 갈대숲은 올해도 서식지를 넓혀 새들에게 방을 놓아 달세도 불려가던데 우리는 갈대만도 못한 퇴각이에요 농민군의 후예라면서 싸움에는 별 관심이 없는 아버지, 밀고나가야 하는 시점에 논밭으로 나가시며 하나뿐인 죽창을 내던지신 아버지, 지금은 징집대상이 되지 않는 연상의 늙은 어머니와 누이뿐인 오합지졸 먹이느라 낱알 곡식 한 자루도 여며두지 못한 아버지, 우리 집을 포위한 채 틈틈이 엿보던 새들도 앉아서는 노래하고 날개 칠 때는 울부짖는데, 아버지는 왜

눈물만 있고 날개가 없는지, 한낮에 즐거웠던 지상의 벌
레들도 흙을 이겨 창틀마다 스며드는 저녁 어스름을 틀
어막는데 아버지, 저녁은 조금씩 일찍 오는데

채 반밖에 못 온 길을 앞에 두고
점멸신호는
달릴 것이냐, 설 것이냐 묻는데

목련나무 편지

한창인 제 나이를 적어보려는 걸까
겨울을 살다온 목련나무,
목필 가다듬느라 가지 끝마다 곤두셨다
두어 번 봄비 다녀간 뒤
아래에서 위로 가는 상소문같이

잘 있다거나, 아프지 말라거나 하는 몸 소식이 아닌
그 편지, 돌아서버린 사람 뒤에서 쓰는 편지

밤마다 고쳐 쓴 편지 읽어낼 수 없다
귀퉁이 찢겨나간 꽃잎 사이 엿보았을 뿐,
꽃봉오리 말 못하는 심사를 짐작하기 어렵다
한번 가면 오지 않는 소식,
지쳐버린 마음 기대면 가는 귀 열어
한지 같은 허공에 묵묵 받아 적어 줄 것도 같은

목련나무 쓰고 또 쓴다

지난 밤 가로등불 밑에서 쓰다 만 편지
부치지 못한 그 편지 주워 읽어본다
차마 버릴 수 없어 뒷장까지 마저 읽어야 하는

목련나무 편지

참 곱게 늙어가네

가을엔,
서서 들어야 한다
내 집 세간 다 들여다보고
까치발로 울을 넘는
든 지 삼년 된 감나무의 출가처럼,

감나무 옹이 진 자리는
신발 끈 매다 풀다 하던 지점
쪽잠 자는 잠자리 날들 위로
늙어갈수록 가을은 참 곱다

늙어 깊어진 눈매로
오래 지극하도록 내려다보는 하늘,
생산을 멈춘 채 떠나는 몸들 다 받아주는
상수리나무,
빗금으로 시름 깊은 바람의 훌쩍임도
보라,

육친과의 인연을 정리하는 가을나무 곁에서는
순간, 정지하지 않느냐

울타리콩 덩굴,
내심內心 품었던 알맹이들 멀리 떠밀며
쭉정이로 늙어가는 가을을 보네

사라진 이름

내가 사는 신도시에 옛길은 없다
일자로一字路, 십자로十字路
직설적이거나 어긋난다

당신이 나의 옛길이었던 적,
때 없이 골 부리는 돌부리였다가
틀어져 굽이돌던 산허리였던 그때,
발치에 부려둔 강물로 살고 싶고
새어나오는 불빛 때문에 들고 싶었던 마을도
옛길, 그 끝에 있었다
당신은 구부러진 길 때문에 분노했고
나는 잘못 디딘 발걸음에 오래 아팠다
풀어놓은 윗단추 비집고
산그늘 놀러오던 옛길은 없다
더 이상 집은 멀리 있지 않고
날마다 돌아가도 나올 길이 없는,

우리들의 아침은 황급히 저물어간다
떠밀리고 무너져버린 옛길 끝에
당신마저 사라진 이름이다

바퀴와 바퀴 사이

강추위가 수도권에 몰아닥친
일월 셋째주 수요일,
딸 은후의 수학과 영어 사이
옮겨 다니며 공부하는 길
도와주는 운전대 뒤에서

— 엄마, 저 할아버지 하루에 얼마 벌어?

밧데리 바닥난 시계추처럼
파지를 가득 싣고 비틀비틀
횡단보도를 이 빠진 팽킹가위로 가르며 건너가는
파지수집 할아버지

— 글쎄, 팔천 원 아니면 만 원,
 만 오천 원일까?

— 엄마, 나 만 원 있는데,

저 할아버지 드리면 오늘 쉬실 텐데,
안될까? 너무 추워

─ 그럴까?

하는 사이,
나의 자동차와 파지 할아버지 리어카
멀어진 거리 일백 미터,
바퀴와 바퀴 사이에도
마음이 있었나

돌아가는 법,
또 한 과목 공부는 놓치고 말았네

회춘回春

봄은 여럿이, 함께 돌아오는 거구나
얼음 녹자 내려앉은 축대
쓴 내 나는 자리마다
씀바귀며 냉이 순,
간신히 말문을 연 어린 쑥
절뚝이는 왼발로
시큰거리는 허리로 왔구나

갈아엎은 산 비알밭
먼저 기어오른 발목 시린 남새들
누구 손 잡고 여기까지 왔느냐
인사 여쭐 새도 없이 할머니,

주름진 생을 봄나물에 덧붙이고
초록물 도는 손으로
갈 수 있으면 좀 더 가자, 하신다

고비에 매달리다

지평선이 끝나자 고비다
길은 더 이상 슬쩍 넘어가주지도
손을 내밀지도 않는다
끝이 어디냐고 묻지 않는다
바람이 길들인 나무들만이
그곳을 알고 있을 거다

초원으로 가고 있는 거다
근심 많은 광야로 네 마리 짐승이 끌어가는
암각화 속 수레,
손잡이를 잡고 단신으로 당겨본다

청춘의 푸른 깃으로 어둠을 열어가던
새들의 화석,
길이 어디냐고 묻지 않았다
채찍을 버린 채 말 잔등에 올라
폭설과 한파로 무너진 날들을

쌍봉낙타로 지나가고 있을 뿐,

열매 하나 떨구지 않는 빈 나무들의 가을로
눈물 마른 변방의 하천만이
종신토록 고비를 넘어간다

배드민턴 치는 여자

작은 공은 잠시 허공을 가로지르다 오늘도 덤불을 선
택합니다 이편에서 저편으로 딱히 전할 말이 없어진 당
신과의 거리가 포물선을 그리며 권태기로 빠져드는, 결
국 당신은 날아가기 위해 내게 온 작은 섬새 아닙니까
진작부터 당신 부피와 무게를 가늠하지 못해 내 오른팔
은 웅크린 하늘 옆구리만 되받아쳤지요 제게 맞는 적재
적량을 모릅니다 번번이 허공만을 때리다 이내 돌아오
는, 제대로 한번 날아가고 싶은 청춘의 한때, 나는 그곳
이 어디인지 모른 채 멀고 까마득하게 어두워졌습니다

화살을 돌려놓다

혼자 가기 싫어 가을볕을 앞세웠다 다 이룬 성자의 자세로 벼 포기 순하게 고개 숙인 논둑이 멈춰선 곳, 공원 묘지에는 쑥부쟁이 홀로 기도 중이다 이제 그만 돌아가세요, 머리맡에 잡초를 병풍처럼 두르고 아버지 부질없는 말참견이다

그날도 흰 고무신 바깥 향해 있었다 집에 들 때 대문 향해 가지런했던 고무신, 어딘가로 더 달려나가야 하는 드높은 의지는 수거하지 못한 채, 아버지 떠났고 화살은 내게 남았다 화살이 가리키는 쪽으로 직진했고, 제대로 날아가지 못해 구겨 앉은 자리마다 앞뒤 없이 다시 돌아오는 아버지 흰 고무신, 이제 그만 이 세상 너머로 돌려놓고 싶다

문을 닫으며

― 청령포에서

청령포는 물 위에 매여 있었다
서울로 몸을 트는 노송과
어린 소나무들 일가를 이룬 외진 포구는
물을 거스르지 못했다
할 말을 멀리 보내지 못하고
발아래 솔방울로 쏟아버리는 관음송觀音松,
참혹을 보고 들었다는 나무는 갈 곳 몰라
이쯤에서 두 갈래 몸이다

천둥 번개도 불러 세우고 싶었을 바람의 날들
수령 육백 년이 가리키는 하늘은
밀봉된 문서처럼 말이 없는데
하필이면 사립문 닫히는 어가御家에 기대서서
사진을 남기는 후대에
슬그머니 인화되고 싶은 이야기들,

유난히 굽은 등으로 군락을 이룬 소나무에게

자신을 거듭 묻고 싶었을라나
멀리 던지려다 내려놓은 돌멩이들,
스스로 포개어 망향단을 이루고
고향과 혈육이 버린 시간들만이 유배지를 다녀가는
동안
사람들은 석양의 남은 힘으로 포구에서 돌을 던지며
자잘한 번민까지 수장水葬 시킨다

금표비가 가로막는 청령포에서는
돌아보지 말아라
키를 넘어서는 물길을 나무라거나
앞으로도 오래도록 뜻을 굽히지 않을
서너 그루 직립송 나무의 등을
함부로 두드려서도 안된다

봄꽃 지는 날 우두커니

오지 말아야 할 봄이라 창밖까지만 왔다
사람 가고 대신 온다기에
내게는 오지 말라 했다
해서는 안 될 일, 먹어서는 안 될 먹이 앞에
사람들은 한 마당 웃음꽃이다

미처 오지도 못한 길을 돌아서서 가는 너도바람꽃

낙화가 아니라 투신이다

제5부
항아리의 말

상처가 여기까지

웅크린 채 곰곰 생각한다
너무 낮은 속삭임, 알아듣지 못했다
뒷 베란다 한 구석 추위를 뚫고나온 조막손,
발치에 무수한 죽음을 딛고 일어선 뿌리가 궁금해
들어보니 전신에 욕창이 깊다
머리 디밀고 오르는 덩굴의 본능은
좌우 돌아볼 새 없이 위로 가자는데,

얼어터진 생채기며 흠집을 매단 채
썩어가는 고구마 좌판이다
겨울 끝을 시리게 밀고 가는 사내의 밀차에는
눈짓만으로도 토라지는 하우스 봄채소와
새눈 뜨는 고구마가 한자리다

덜 아문 삶에 폐타이어 덧대 붙이고
바닥을 헤쳐 가는 힘은 팔다리를 합친 네 개 지느러
미,

좁은 시장통 어로 삼아 어물전이 있는 상류와
푸줏간이 있는 하류, 진창을 헤엄치며 오르내리는
서너 군데 해지고 진물 나는 물건들
떨이라도 칠 모양으로 상처가 여기까지 밀고왔다

앵두꽃

대문 옆에 앵두나무,
낮은 담 넘을 궁리만 하기에
건달이구나, 싶어 문 열어 두었다
혼자가야 하는 날, 함께 가겠느냐 물었더니
대답 없이 오래 누군가 기다리는 눈치다
윗단추 열어 후후 열을 쫓던 밤이었다
담이 없는 너, 굳이 넘을 필요 없어
은근히 곁에 기대본 게 다인데,

살아서 할 일 모두 끝냈다며
가지마다 한 잎씩 눈물로 지는 날
잊어줘야지, 생각하니 달도 없이 깜깜했다

뚝 뚝, 앵두꽃이 먼저 잊어주겠단다

향기라도 더 있다가라고
열린 대문 잠가야겠다

우편배달부*

아버지 감기에 걸리지 않으시네
춥지 않으세요, 물으면 그제야
추웠니, 하시네
자꾸 늙어가지만 앞서 걸으시네

아버지를 닮아
뒤돌아보지 않고 더 멀리 가고픈 자전거,
서서 돌리는 바퀴가
마을을 둘로 갈라놓았네
추위 앞에 조금 더 웅크리거나
그렇지 않음으로 사람들은 갈라서네

내 편지는 어느 편으로도 배달되지 않은 채
자주 반송함에 들어가 구겨지네
글을 아는 이에게만 가서 닿는 것이
사랑은 아니라서
일은 많지만 돈이 적은 세상으로 가지 않고
내 사랑은 허공에서 두리번거리네

봉투가 뜯겨나간 사연들을
식어버린 손가락으로 더듬어보네

무거워진 편지들이
바퀴를 세우고 육지를 바라보네
그러기 싫었지만 나는 모자에 길들여진
임시 우편배달부, 돌아오는 길
어둑한 편지들은
저녁 안부이거나 뜨거운 눈물이거나
더러는 쓴 웃음으로 내게 스며드네

내일이나 모레쯤,
한 척 흔들리는 배 대신
서서 타는 자전거로 세상으로 가겠네
오랫동안 벼루어둔 격랑하나 배달하러
마을을 가로질러 그곳에 닿겠네

* 「일 포스티노」란 제목으로 1996년 개봉된 이탈리아 영화.

핏국 세 그릇

국립병원에서
채혈용 튜브 다섯 개 피를 건네주고
기다리는 동안 찾아든 24시 해장국집,
눈가가 젖은 서양채송화가 손님맞이 한다
해장국 한 그릇 시켜놓고
아우성이 쓸쓸히 고인 조간신문 펴 들었을 때,
젊은 싸움 같은 것 한 번도 없었던 걸음걸이로
띄엄띄엄 어서 오세요, 세 식구 걸어들어 왔다
피다 시든 낙화처럼 외동딸 앞장섰고
그 뒤로 걸음마다 자국이 남는
더는 상처받을 곳 없어 보이는 부부,
자리에 앉자마자 핏국 세 그릇이오, 한다
잘못 알아듣고 재차 묻는 주인 향해
선지국 세 그릇 말이오, 한다
피가 낭자한 그 말 듣고
가만히 핏국, 따라해 본다

꽃잎의 붉은 입술, 외침으로 가지 않고
더 이상 남의 이야기 되고 싶지 않은
일가족 생의 진저리로 응고되어
부실한 아침식사 건더기로 남은
핏국,

빈속을 덥히며
더운 김으로 솟는 아침이었다

단풍

여름 내내 들에 일 나갔다가
설악산 산머리에서 붉은 머리띠 동여매고
하루 사십 미터씩, 온 산을
저희들 색깔로 물들이며 내려온다는

그들은 세상에 꼭 한마디,
뜨겁게
전하고 싶은 말이 있는 거다

봄리스 족

저 환한 홈리스 족 밖에 세워두고
봄날 다가도록
저녁상에 수저 한 벌,
낮잠 곁에 베개 하나 놓아주지 못했네
어느 몸뚱이 흔들던 눈물들인가
목 마를 때 물 한 모금 얻지 못한 갈증으로
너희 떠나는 날,
안에 갇혀 함께 가지도 못하는
나는 봄리스 족이었네

항아리의 말

빈속을 들여다보며 날을 고릅니다
햇빛 드는 날, 바람 부는 날 몇 날일까,
속마음을 묻고 또 묻습니다

깊이와 높이를 따져
열어 보고 닫아걸기도 합니다
한없이 낮아지다가 다시
한결에 떠오를 날 기다립니다
마음 가득 채우는 법 없습니다

어떤 날은
대추, 참숯, 건고추 같은 것들
나를 제치고 들떠오릅니다
삼, 오, 칠, 구 홀수로 넣어둔 그것들
남남끼리 서로 바라보라는 당부인지요

설레기만할 뿐, 한 발짝도 나갈 수 없는

정월 달포 동안
마음 한편 끝끝내 썩어들지 못해
안달하며 다그쳐보는 나날

어찌 냄새나지 않겠습니까,
바람 나는 때, 햇빛 드는 곳 마다 않고
꽃도 피고 삭은 내도 풍기는
엄동설한입니다

뽐뿌

우물이든 펌프든 집집마다 대문 옆에 물길 하나씩 가
지고 살았던 때, 동네이장을 맡아 빚보증을 잘못 선 아
버지 돌아가시자 우리집 마당지기 복실이 맨 먼저 끌어
가고 쓸 만한 놋그릇을 골라가더니 급기야 마당의 뽐뿌
대가리를 뽑아갔다 육남매 줄줄이 물거지가 되었는데
물동냥은 밥동냥보다 더 목숨 가까운 구걸이어서 서러
움으로 목메었던 기유년 여름,

복실이 없는 마당
놋그릇 없는 밥상
뽐뿌 대가리 없는 우물

아버지 없는 사막

아버지 모든 것 다 두고 가셨다는데
집에는 아무것도 남아 있지 않았다

종유석

내가 그대 되어보기로 했습니다
거짓이 가르쳐준 참을 살아보기로 했습니다
마른 가슴 적시고 스미고 그대에게 물길 내려 합니다

돌아가 물구나무로 서겠습니다
이미 수천 년 된, 들어오면 다시 밟아나가야 하는
사랑 이야기입니다
거꾸로 그대가 되어보니 참 알겠습니다
내가 그대를 가둔 동굴이었음을
그대는 나만 모르는 눈물이었음을

쓰디 쓴 소금꽃 거꾸로 서서 피우겠습니다

공룡화석지에서

가슴에 남은 족적 보이나요

오후 세시 해풍은
내 안에 번성하는 당신 발자국까지 덮어버릴 듯
뜨거운 손, 멀고 먼 가슴을 지나
육중한 욕망을 건너가는 중이에요

겹질린 다리를 끌고 떠나가버렸죠
내 의식의 일억 육천만 년을 지배하던
당신을 만나려면
퇴적의 책갈피 속에 숨겨놓은
그 마지막 저녁이 되어야 해요

오랜 눈비와 바람의 소식까지 남겨두고
당신은 어디로 갔을까

진화의 아침은 풀잎마다 느리지만

환하게 이리로 오는데,

나는 다시
그 저녁이 되어야 하나요

꽃의 독

그녀, 메릴 스트립, 프란체스카이기도 한, 눈물 없이
잘 우는 게 매력인, 오월에도 낙엽 한 장이 스치고 간 우
수를 눈자위에 가져서 보는 사람 먼저 젖게 하는 여자,
매캐한 삶이 사십 년 계속되었다*고 낙엽 직전의 빛바랜
꽃잎을 몸으로 보여주는 여자, 함께하는 것만이 사랑이
아니라 함께 가지 못해 오래 미안하구나, 마른 눈물로
가는 것 또한 사랑일 수 있다고 우기고 싶은 여자, 단지
길을 묻기 위해 만나 메디슨카운티 다리까지만 동행하
고도 사람을 다 알아버려 더 이상 없어도 평생을 가져갈
수 있는 여자, 내 대신 먼지 자욱한 세상을 떠도는 사람
위해 기차가 지나갈 리 없는 철교가 되어준, 그녀, 꽃의
독 같은

* 영화 「메디슨카운티의 다리」의 대사

눈, 꽃으로 며칠

아무도 오지 않는 날, 대신 눈이 왔다
저리 홀가분한 걸 보니
고개 하나 넘을 때마다
한 사람씩 내려놓고 왔을 거야
어디를 살다 왔을까,
술 취하면 말없는 너의
말없음으로 왔다
거의 다 와서는 물 새는 장화처럼
젖은 양말로 왔다
감춰두고 싶은 것 많은 어제로부터
제 삶을 소리 지르는 세상을 건디다
어둠의 금 간 생도 모두 엿듣고 왔다
가벼워질 때를 기다려보다가
동이에 물이 얼어 터지는 겨울 밤,
참 오래간만에 혼자구나
세상의 모든 꽃들은 마지막에 피는데
나뭇가지 끝

지붕 꼭대기
매달린 제 모습 보고
펄펄 뛰어내리는 눈꽃의 습성대로
가장 높이 오른 지점에서 발을 놓아버리는
(제대로 한번 무너지기 위해 산을 넘은 것처럼)

살아 있는 모든 것들의 아픔을 보듬으며

이 승 하

(시인 · 중앙대 교수)

우리는 모두 유한자이며 유정물이다. 생명을 갖고 이 세상에 태어나 뭇 생명체와 더불어 살아가다가 때가 되면 무정물로 돌아간다. 생로병사는 자연의 이법이며 화무십일홍은 생명의 법칙이다. 때가 되면 형해로 돌아가고 말 우리의 운명이기에 우리는 살아 숨쉬고 있는 지금 이 순간을 아껴야 한다. 아무리 의학이 발달해도 시간을 어떻게 되돌릴 수 있으며 수명을 뉘라서 무한정 늘일 수 있단 말인가.

오춘옥 시인이 등단 24년 만에 처음으로 묶어내는 시

집 원고를 읽으며 해설자의 뇌리를 계속해서 울린 것이
시인의 화두가 '생명의식' 혹은 '생명을 가진 것들에 대
한 측은지심'이라는 것이다.

> 몇 차례 꽃소식을 받아만 두고 뜯지 않았네
>
> 1박—泊 하고 가라는 동해의 청을 거절하고
> 고개 넘던 참이었네
>
> 오도가도 못하는 산중,
>
> 들꽃 지는 소리로
> 남은 꽃잎의 날들 헤어보는 중이었네
>
> —「지금, 여기」 전문

화자는 동해에 가서 일박하지 않고 고개를 넘기로 했
다. "들꽃 지는 소리"를 말하고 있으므로 스산한 가을 날
씨를 연상하면 되리라. 그런데 화자에게 중요한 것은 깊
은 산중의 들꽃이 아니라 "남은 꽃잎의 날들"이다. 아직
도 나무에 매달려 있는 꽃잎들이지만 이제 얼마 안 있으
면 다 져버릴 터이니, 그것이 왠지 안쓰러운 것이다. 그렇

다, 과거에 대한 못 버릴 미련과 미래에 대한 장밋빛 꿈보다 더욱 소중히 여겨야 할 것은 '지금, 여기'이다. 먼 미래에의 꿈이 제아무리 창대하다고 한들 지금 여기서의 삶보다 중요하지는 않다. 우리는 지금, 여기를 소홀히 해서는 안된다. 시인은 치열한 삶이나 열정적인 예술행위에 대해 말하고 있지 않다. 그 대신 내가 있는 지금 여기서, 남은 꽃잎의 날들을 헤어보고 있다.

시인은 분재를 하면서 뿌리의 생명력에 놀랐던 적이 있나 보다. "서로서로 깍지 낀 손을 놓지 않고 분리를 완강히 거부"한 뿌리를 보고는 "조금 더 큰 화분에 옮겨주고 푹신하게 산이끼를 차렵것으로 덮어주"(「다족류」)는 마음이 바로 그 측은지심이 아니랴. 시인은 살아 있는 것들의 아픔과 살아 있음으로써 느끼게 되는 슬픔, 그리고 생명체의 끈질긴 생명력에 대해 아래 시에서도 말하고 있다.

모든 살아있는 것들의 웅크림, 오빠는 정글에서 엎드린 채 기어 나온 목숨이다 전쟁터에서 살다나온 이들은 모두 총알이 머리 위를 스쳐갔다니 생명이란 땅에 납작 엎드려야 보전되는 낮고 겁 많은 것이었나 전쟁은 끝났지만 정글의 덩굴을 다리 삼아 아직도 전쟁 중인 것들이 오

빠를 따라왔다 죽음을 피해 후퇴하는 중이고 가끔씩 돌아
서서 총구를 겨누기도 하지만 적과 내가 따로 없는 생활
에서 전쟁 후유증은 밤을 새워 가렵다

—「오이지, 吾以知」 부분

화자의 오빠는 베트남 참전용사다. 살아남은 자는 죽
은 자들 때문에 수시로 아프다. 하지만 아파하면서도 살
아갈 수밖에 없다. 생활은 과거지사로 인한 아픔보다 더
무섭다. "적과 내가 따로 없는 생활"에서 생명체가 생명
을 유지하기 위해서는, 다시 말해 살아남기 위해서는 완
력이 필요한 것이 아니라 끈기와 운이 필요함을 시인은
말해주고 있다. 죽은 자는 오히려 편히 잠든 것이려니, 살
아 있는 자는 밤낮없이 고달프고, 그것을 지켜보는 시인
의 마음은 한량없이 애처롭다.

끝이라고 해야 하나, 담벼락 어둠을 밀고 나오며
눈뜨기 시작하는 담쟁이의 새 움도
가지 끝에 있었다
뛰어내리거나 기어오르거나,
두 갈래 길에서 너도 흔들렸는가,
울어버린 이슬의 흔적을 매달고

새싹은 어둠에 마주서 있는데,
그것만은 아니다 도리질해 봐도
어긋나 서로 멀어진 줄기들의 행로에
막다른 골목이라니,

여린 잎의 흔들림이
간신히 불러온 잠을 쫓아버렸다

─「담쟁이 끝에 섰다」 부분

담쟁이덩굴은 흔히 생명력의 상징으로 노래되어 왔다. 그런데 그 담쟁이가 담벼락 끝에서 망설이고 있다. 뛰어내려야 하나 기어올라야 하나. "어긋나 서로 멀어진 줄기들"이 어느덧 막다른 골목에 다다라 있다. 눈뜨기 시작하는 담쟁이의 새 움도 가지 끝에서 갈팡질팡하는 것이 생명체의 아슬아슬한 운명이다. 흔들리는 여린 잎을 보고 시인은 그만 새벽잠을 설치고 만다. 상갓집에서의 엉뚱한 생각도 의미심장함 메시지를 전해준다.

세상의 나무마다 꽃잎이 무거워 지친 주말, 일정을 변경하여 나보다 무거운 모든 것들, 향기도 짐이었다며 서둘러 스러지는 목련, 꽃구경 갔다가 부음 받고 달려온 청

115

바지에 운동화, 맞절하다 끄트머리 튀어나온 엄지발가락
민망하다 뒤꿈치 이편에 보이며 막 돌아서던 망인이 킥
킥, 한번 웃었을라나 때 아닌 한기 미처 막아내지 못해 떨
어져 사라지는 저 꽃잎의 무게, 받아들고 싶은 밤

—「구멍」 전문

상갓집에 가서 상주와 맞절을 하는데 공교롭게도 구멍
난 양말을 신고 있었던가 보다. "뒤꿈치 이편에 보이며 막
돌아서던 망인이 킥킥, 한번 웃었을라나"는 우스꽝스런
생각을 해보는 것인데, 시인의 생각은 여기서 멈추지 않
는다. "나보다 무거운 모든 것들, 향기도 짐이었다며 서둘
러 스러지는 목련"의 그 '무게'를 받아들이고 싶다고 말
한다. 예수 그리스도가 무거운 십자가를 지고 골고다 언
덕을 올라갔던 것처럼 우리도 각자 자기 나름의 무거운
짐을 지고 목적지를 향해 가고 있는 나그네들인 것을.

열세 살 딸과 함께 농원을 겸한 화원에 갔다가 전지가
위를 들고 나무 윗동을 다듬는 주인을 보고 딸이 한마디
한다. "참 아프겠다." 이 말에는 생명체에 대한 따뜻한 연
민의 정이 담겨 있다. 우리가 이 아이의 마음으로 살아갈
수만 있다면 세상은 한결 평화로울 것이다. 생명체의 생
명체 발현에 따른 고통에 대한 탐색은 이번 시집 곳곳에

서 행해지고 있다. 살아간다는 것, 그 얼마나 엄숙하고도
힘든 일인가. 시인은 딸 은후를 직접 등장시켜 시를 쓰기
도 한다. 파지를 수집하는 할아버지를 보고 은후는 엄마
에게 이렇게 말한다. "엄마, 나 만 원 있는데,/ 저 할아버
지 드리면 오늘 쉬실 텐데,/ 안 될까? 너무 추워"(「바퀴와
바퀴 사이」). 엄마가 망설이는 사이, '나의 자동차'와 '할
아버지 리어카'의 바퀴 사이는 멀어지고 만다. 이승에서
보시할 기회를 놓치고 말았으니, 어린이는 어른의 아버지
라는 워즈워드의 말이 맞다.

　　바람에게 연두 잎 들춰 내진 당하고
　　실핏줄 터뜨리고 허리 끊는 고통으로
　　그늘 아래 얼레지까지 산통하는 봄

—「분만」 부분

　시인은 인간만이 분만의 고통을 느끼는 존재는 아니리
라 생각해본다. 명자꽃, 살구꽃, 매화꽃들도 열리는 꽃잎
마다 잎잎이 다 아프다고 생각하는 것인데, T. S. 엘리엇
의 「황무지」가 그렇게 시작하지 않던가. "사월은 가장 잔
인한 달"이라고. 오춘옥은 "산마다 들마다/ 봄꽃나무 기
진맥진 잎 여는 밤이란다"는 감동적인 구절로 이 시를 끝

맺는다. 둘러보면 살아 있는 것들치고 아파하지 않은 것들이 없다. 살아 있다는 것은 곧 통증을 느끼면서도 묵묵히 견디는 것이다.

> 얻어맞은 자리마다 벌레 드는 시간,
> 나무들은 상처 어디에 감춰 두었을까
>
> ―「사과나무 아래서」 부분

시인은 생존을 위해 발버둥치는 것들을 연민 어린 시선으로 보기도 하지만 생명체들의 끈질긴 생명력에 눈길을 주기도 한다.

> 구월 오기까지 대추는
> 햇빛에, 바람에 염치없는 빚쟁이다
> 잎 뒤에 가시방석, 주눅 들어 하루 이틀
> 말미를 달라는지 조금만, 조금만 하다가
> 가슴에 멍울 들 듯 열매 하나 내밀었다
> 한 차례 태풍에 머리채 쥐어 잡히고
> 연이어 제 몸 털어 빚잔치하자는 날
> 모두 떠난 가지에 대추알만 영글었다
>
> ―「구월 대추」 전문

대추나무에 대추가 그냥 열리는 것이 아니다. 사람으로 치면 온갖 치욕을 겪으며 와신상담하고 나서야 대추열매를 탐스럽게 가지에 매단다. 대추나무는 농부 같다. 햇빛과 바람을 견딘 자, 한 차례 태풍을 이겨낸 자와 진배없다. 그 나무에 매달려 있는 구월 대추가 시인은 대견하기만 하다. 시집 전반부에는 식물을 소재로 한 시가 많지만 뒤로 가면 차츰 인간을 소재로 한 시가 많아진다. 인간의 중심에는 일찍 여읜 아버지가 계시다.

우물이든 펌프든 집집마다 대문 옆에 물길 하나씩 가지고 살았던 때, 동네이장을 맡아 빚보증을 잘못 선 아버지 돌아가시자 우리 집 마당지기 복실이 맨 먼저 끌어가고 쓸 만한 놋그릇을 골라가더니 급기야 마당의 뽐뿌 대가리를 뽑아갔다 육남매 줄줄이 물거지가 되었는데 물동냥은 밥동냥보다 더 목숨 가까운 구걸이어서 서러움으로 목메었던 기유년 여름,

— 「뽐뿌」 제1연

참으로 가슴 아픈 사연이 담담히 술회되고 있다. 아마도 위의 내용은 별 가감 없는 사실이라 여겨지는데, 시인의 측은지심이 어디에서 연유한 것인지 알 듯도 하다. 서

러움으로 목이 메어보았기에 서러운 사람들의 심정을 잘
알게 된 것이려니.

아버지가 등장하는 시가 몇 편 더 있다. "떠난 지 삼십
년 아버지,// 다시 살아오시네 보름날,"로 시작하는 「달
빛」이나 "농민군의 후예라면서 싸움에는 별 관심이 없는
아버지"라는 아버지 인상기가 전개되는 「오늘은 추분」,
아버지의 흰 고무신에 대한 잊혀지지 않는 영상이 펼쳐지
는 「화살을 돌려놓다」 등이 그러하다.

> 아버지 감기에 걸리지 않으시네
> 춥지 않으세요, 물으면 그제야
> 추웠니, 하시네
> 자꾸 늙어가지만 앞서 걸으시네
>
> (……)
>
> 내일이나 모레쯤,
> 한 척 흔들리는 배 대신
> 서서 타는 자전거로 세상으로 가겠네
> 오랫동안 벼루어둔 격랑 하나 배달하러
> 마을을 가로질러 그곳에 닿겠네

—「우편배달부」 첫 연, 끝 연

　기억 속의 아버지, 혹은 꿈속에 나타나는 아버지는 시
인에게 편지(시)를 쓰라고 한 것일까. 우편배달부에 의해
배달된 '어둑한 편지들'은 "저녁 안부이거나 뜨거운 눈
물이거나/ 더러는 쓴 웃음으로 내게 스며든다". 그래서
이제는 내가 "오랫동안 벼루어둔 격랑 하나 배달하러" 마
을을 가로질러 그곳에 닿겠다고 한다. 시를 써 배달하는
시배달부가 되겠다는 뜻이 아닐까. '시인의 집짓기'를
부제로 한 아래의 시를 보면 어찌하여 언어의 집을 짓게
되었는지 더욱 분명히 알 수 있다.

돌아가다 다시 한 번 거슬러 갈 줄도 알아야지
바람의 한 자락 흔들림도 베껴두어야지

제 속의 깊은 것들 꺼내 집을 짓는 저녁 거미처럼
나도 내 몸 꺼내 어느 먼 궁창에
한 채 집이 되고 싶은 날

—「거미줄」 부분

　이제는 "나도 내 몸 꺼내 어느 먼 궁창에/ 한 채 집이

되고 싶"다고 했다. 거미가 자기 몸에서 실을 뽑아 집을 짓고 스스로 그 집에서 먹이를 기다리듯이 이제 시를 씀으로써 집을 짓겠다는 의지가 느껴지는 작품이다. 일찍 시인이 되었지만 먹이를 기다린 세월이 너무 길었다. 아마도 오춘옥 시인은 긴 세월 동안 시인으로서보다는 어머니로서, 주부로서, 직장인으로서 살아왔던 것이리라. 그래서인지 더욱 열심히 언어의 실을 뽑아내고 있는지 모르겠다.

바람 불고 눈비 오던 날들
공치고 앓아누운 시간 제하면
살아서 볕 드는 날 몇 날 있었나
고모부는 볕이 돈이라고 우기신다

새로 짓고 다시 쌓아올리는 일에
내 몸 보태는 일이다
다 쓰고 가야지 아낄 것 뭐 있나

—「공사 중」 부분

고모부의 논리는 살아 있는 동안 놀면 안 된다는 것이다. 살아서 볕드는 날은 몇 날 되니 않으니 그런 날에는

반드시 일을 하고, 또 일해서 번 돈은 써야 하는 법이라고
한다. 노동에 대한 예찬은 생명에 대한 예찬과 크게 다를
바 없다. "정년을 넘긴 오빠를 텃밭이 가꾸네"로 시작되
는 시를 보면 오빠가 텃밭을 일구는 것이 아니라 텃밭이
오빠를 "늦자식 어르고 달래듯" 키워간다(「텃밭이 가꾸
다」). 사월에는 "벚꽃도 기다리던 힘으로 전심전력 피어
난다"(「벚꽃 사이」). 이런 시정신을 갖고 있는 오춘옥 시
인이기에 단종의 유배지 청령포에서 마음이 착잡해지는
것은 당연한 일이다.

　　　유난히 굽은 등으로 군락을 이룬 소나무에게
　　　자신을 거듭 묻고 싶었을라나
　　　멀리 던지려다 내려놓은 돌멩이들,
　　　스스로 포개어 망향단을 이루고
　　　고향과 혈육이 버린 시간들만이 유배지를 다녀가는 동안
　　　사람들은 석양의 남은 힘으로 포구에서 돌을 던지며
　　　자잘한 번민까지 수장水葬 시킨다
　　　　　　　　　　　　　　　　　　　—「문을 닫으며」 제3연

　단종의 억울한 죽음을 애통해하듯 소나무들이 등을 구
부린 채 살아가는 곳이 청령포이다. 단종은 돌멩이를 멀

리 던지려다 내려놓고 내려놓아 망향단을 이루었으나 후
세인들은 포구에서 돌을 던져 자잘한 번민까지 수장시킨
다. 이것이 안타까워 시인은 "앞으로도 오래도록 뜻을 굽
히지 않을/ 서너 그루 직립송 나무의 등을/ 함부로 두드
려서는 안 된다"고 경고한다. "서울로 몸을 트는 노송"도
기리고 싶지만 직립송의 꼿꼿한 기개도 높이 사고 싶은
것이다. 시인이 보건대 이 두 종류의 나무가 다 단종의 외
로움과 설움을 아는 존재다. '상처'를 다룬 시가 제5부에
두 편 나온다.

얻어터진 생채기며 흠집을 매단 채
썩어가는 고구마 좌판이다
겨울 끝을 시리게 밀고 가는 사내의 밀차에는
눈짓만으로도 토라지는 하우스 봄채소와
새눈 뜨는 고구마가 한자리다

덜 아문 삶에 폐타이어 덧대 붙이고
바닥을 헤쳐 가는 힘은 팔다리를 합친 네 개 지느러미,
좁은 시장통 어로 삼아 어물전이 있는 상류와
푸줏간이 있는 하류, 진창을 헤엄치며 오르내리는
서너 군데 해지고 진물 나는 물건들

떨이라도 칠 모양으로 상처가 여기까지 밀고 왔다
―「상처가 여기까지」 부분

이 시가 대상으로 삼은 것은 시장에서 야채와 고구마 등속을 파는 사내와 이른 봄에 난 채소이다. 팔려고 갖고 나온 것들이 영 신통치 않아 떨이로 팔아야 할 모양이다. 하지만 그것들은 "추위를 뚫고나온 조막손"과도 같아서 뿌리를 들어보니 "전신에 욕창이 깊다". 일찍 수확한 고구마도 마찬가지다. "얼어터진 생채기며 흠집을 매단 채/ 썩어가는 고구마"이니 영 볼품이 없다. 하지만 이런 것에 눈길이 가고 안쓰러움이 느껴지니 어찌할 것인가.

국립병원에서
채혈용 튜브 다섯 개 피를 건네주고
기다리는 동안 찾아든 24시 해장국집,
눈가가 젖은 서양채송화가 손님맞이한다
해장국 한 그릇 시켜놓고
아우성이 쓸쓸히 고인 조간신문 펴 들었을 때,
젊은 싸움 같은 것 한 번도 없었던 걸음걸이로
띄엄띄엄 어서 오세요, 세 식구 걸어들어 왔다
피다 시든 낙화처럼 외동딸 앞장섰고

그 뒤로 걸음마다 자국이 남는

더는 상처받을 곳 없어 보이는 부부,

자리에 앉자마자 핏국 세 그릇이오, 한다

잘못 알아듣고 재차 묻는 주인 향해

선지국 세 그릇 말이오, 한다

피가 낭자한 그 말 듣고

가만히 핏국, 따라해 본다

―「핏국 세 그릇」 부분

환자는 외동딸이다. 피다 시든 낙화 같은 딸을 앞세우고 24시 해장국집에 온 부부를 보고 시인은 "생의 진저리로 응고되어/ 부실한 아침식사 건더기로 남은/ 핏국"이지만 "빈속을 덥히며/ 더운 김으로 솟는 아침"을 예감한다. 살아 있는 한 또 먹고살아야 하는 것이 생명체이다. 이 엄숙한 생존에의 본능을 시인은 이야기하고 싶었던 것인데, 이런 주제는 "쓰디쓴 소금꽃 거꾸로 서서 피우겠습니다"(「종유석」)나 "간신히 말문을 연 어린 쑥/ 절뚝이는 왼발로/ 시큰거리는 허리로 왔구나"(「回春」), "거의 다 와서는 물 새는 장화처럼/ 젖은 양말로 왔다"(「눈, 꽃으로 며칠」) 같은 구절에서도 느낄 수 있다. 생명체의 끈질긴 생명력을 보고 오춘옥은 다음과 같은 시를 쓰자고

다짐한다.

> 여름 내내 들에 일 나갔다가
> 설악산 산머리에서 붉은 머리띠 동여매고
> 하루 사십 미터씩, 온 산을
> 저희들 색깔로 물들이며 내려온다는
>
> 그들은 세상에 꼭 한마디,
> 뜨겁게
> 전하고 싶은 말이 있는 거다
>
> —「단풍」 전문

　나무들도 세상에 꼭 한마디, '뜨겁게 전하고 싶은 말'이 있어서 붉은 머리띠 동여매고 하루 사십 미터씩 온 산을 저희들 색깔로 물들이며 내려오는데 시인이 된 나, 그냥 있을 수 없다. 살아 있는 것들의 처절한 생존본능을 연민의 시선으로 지켜보면서 시인은 앞으로 늘 새로운 마음으로 펜을 버릴 것이다. 나무는 겨울 한 계절을 참다가 새잎과 꽃을 피워내는데 오춘옥 시인은 등단 24년 만에 첫 결실을 맺었다. 이 시집을 계기로 더욱 풍성한 시의 꽃나무를 키워낼 것을 기대해본다.